Paul Ernest Désiré Viardot

Essai sur les tumeurs perlées du testicule

Antigonos

Paul Ernest Désiré Viardot

Essai sur les tumeurs perlées du testicule

Réimpression inchangée de l'édition originale de 1872.

1ère édition 2024 | ISBN: 978-3-38817-384-9

Antigonos Verlag est une marque de Outlook Verlagsgesellschaft mbH.

Verlag (Éditeur): Outlook Verlag GmbH, Zeilweg 44, 60439 Frankfurt, Deutschland, info@outlook-verlag.de
Vertretungsberechtigt (Représentant autorisé): E. Roepke, Zeilweg 44, 60439 Frankfurt, Deutschland
Druck (Imprimerie): Libri Plureos GmbH, Friedensallee 273, 22763 Hamburg, Deutschland

FACULTÉ DE MÉDECINE DE PARIS

THÈSE

POUR

LE DOCTORAT EN MÉDECINE

Présentée et soutenue le 22 mars 1872

PAR PAUL-ERNEST-DÉSIRÉ VIARDOT,

Né à Chatillon-sur-Seine (Côte-d'Or),

ANCIEN ÉLÈVE DES HOPITAUX DE PARIS,
MÉDAILLE DE BRONZE DE L'ASSISTANCE PUBLIQUE,
EX-CHIRURGIEN AIDE-MAJOR DES MOBILISÉS DE LA CÔTE-D'OR.

ESSAI

SUR LES TUMEURS PERLÉES DU TESTICULE

Le Candidat répondra aux questions qui lui seront faites sur les diverses parties de l'enseignement médical.

PARIS

A. PARENT, IMPRIMEUR DE LA FACULTE DE MÉDECINE

31, RUE MONSIEUR-LE-PRINCE, 31

1872

FACULTÉ DE MÉDECINE DE PARIS.

Doyen, M. WURTZ.

Professeurs.   MM.

Anatomie................................	SAPPEY.
Physiologie.............................	N......
Physique médicale......................	GAVARRET.
Chimie organique et chimie minérale	WURTZ.
Histoire naturelle médicale...........	BAILLON.
Pathologie et thérapeutique générales...	CHAUFFARD.
Pathologie médicale....................	AXENFELD. / HARDY.
Pathologie chirurgicale...............	DOLBEAU. / VERNEUIL.
Anatomie pathologique................	VULPIAN.
Histologie.............................	ROBIN.
Opérations et appareils...............	DENONVILLIERS.
Pharmacologie.........................	REGNAULD.
Thérapeutique et matière médicale......	GUBLER.
Hygiène................................	BOUCHARDAT.
Médecine légale.......................	TARDIEU.
Accouchements, maladies des femmes en couche et des enfants nouveau-nés...........	PAJOT.
Histoire de la médecine et de la chirurgie...	DAREMBERG.
Pathologie comparée et expérimentale...	BROWN-SÉQUARD.

Chargé de cours.

Clinique médicale......	BOUILLAUD. / SÉE (G). / LASEGUE. / BEHIER.
Clinique chirurgicale.........	X... / GOSSELIN. / BROCA. / RICHET.
Clinique d'accouchements.......	DEPAUL.

Professeurs honoraires :
MM. ANDRAL, le Baron J. CLOQUET, CRUVEILHIER, DUMAS et NÉLATON

Agrégés en exercice.

MM.	MM.	MM.	MM.
BAILLY.	CRUVEILHIER.	GUENIOT	PAUL.
BALL.	DUPLAY.	ISAMBERT.	PERIER.
BLACHEZ.	DUBRUEIL.	LANNELONGUE.	PETER.
BOCQUILLON.	GARIEL.	LÉCORCHÉ.	POLAILLON
BOUCHARD.	GAUTIER.	LE DENTU.	PROUST.
BROUARDEL.	GRIMAUX.	OLLIVIER	TILLAUX.

Agrégés libres chargés de cours complémentaires.

Cours clinique des maladies de la peau.	MM. N...
— des maladies des enfants........	ROGER.
— des maladies mentales et nerveuses....	N.....
— de l'ophthalmologie..	TRÉLAT
Chef des travaux anatomiques..	Marc SÉE.

Examinateurs de la thèse.

MM. VERNEUIL, *président :* VULPIAN, CRUVEILHIER, LÉCORCHÉ,

M. LE FILLEUL, *Secrétaire.*

A MON PÈRE

A MA MÈRE

A MES PARENTS

A MES AMIS

ESSAI

SUR LES

TUMEURS PERLÉES

DU TESTICULE

CHAPITRE Iᵉʳ.

DES TUMEURS PERLÉES EN GÉNÉRAL.

Les tumeurs perlées ont été décrites pour la première fois en 1829, par M. Cruveilhier qui les observa sur un testicule atteint de cancer alvéolaire. Se fondant sur leurs caractères physiques et leur aspect extérieur, le célèbre professeur d'anatomie pathologique les décrivit sous le nom de tumeurs perlées. Quelque temps après, en 1838, Müller eut l'occasion d'observer un cas du même genre sur la pie-mère. L'analyse chimique et l'examen micrographique lui ayant démontré que ces tumeurs contenaient de la cholestérine et de la graisse, il les rangea dans sa classification des tumeurs, parmi les tumeurs non cancéreuses donnant des matières grasses, et les désigna sous le nom de cholestéatomes. « Ces tumeurs, dit Müller, furent peu remarquées dans les anciens temps. Leur histoire fut traitée la première fois par Cruveilhier avec toute l'attention qu'elle mérite; cependant Merriman, Leprestre, Dupuytren, en avaient vu, et en avaient assez parlé pour qu'actuellement, on puisse reconnaître d'après leurs descriptions, l'identité avec le cholestéatome. »

Virchow, Vogel, Schuh, Lebert, Rokitansky en ont rapporté de nombreux exemples dans leurs traités. Esmarck, Lotzbeck, R. Volkmann, Billroth, Waldeyer, Nepveu, etc., sont venus joindre leurs faits aux cas précédents.

Tout d'abord, nous remarquerons que le nom de tumeur perlée donné par Cruveilhier, n'a pas été accepté par tous les auteurs, bien que ce nom exprimât d'une façon si juste les caractères physiques de la lésion. Müller, comme nous venons de le dire, remplaça ce nom par celui de cholestéatome, auquel Virchow fait de très-justes objections : « Certes, dit-il, l'expression de cholestéatome n'est pas bien choisie, car la cholestérine n'est pas un élément nécessaire et toujours constant dans ces tumeurs ; on y trouve de la cholestérine comme dans l'athérome, le smegma préputial, l'enduit fœtal. Le mieux est de revenir à l'ancien terme de tumeurs perlées, et de considérer une tumeur perlée simple et une tumeur perlée complexe. La tumeur perlée est alors une formation identique et particulière, *sui generis*, soit qu'elle se forme dans la peau ou en d'autres endroits, et elle a ainsi beaucoup d'analogie avec le cancroïde, avec les différentes formes de l'athérome, et avec le cysto-dermoïde. »

Les auteurs les plus récents ne veulent plus reconnaître cette variété comme genre de tumeur. Billroth la range dans les athéromes, Cornil et Ranvier en font une subdivision de l'épithélioma et la désignent sous le nom d'épithélioma perlé. Cette dénomination est en effet très-propre à exprimer les deux caractères essentiels de ces tumeurs, leur aspect physique et leur rang dans la nosographie des tumeurs ; il s'applique merveilleusement à une forme de tumeurs perlées plus ou moins diffuses, et Waldeyer déjà avait rangé dans les cancroïdes ces formes de tumeurs perlées qui pénètrent et détruisent les tissus. On peut comprendre encore dans la dénomination nouvelle de Cornil et Ranvier les cas de tumeurs perlées de la base du cerveau, de l'ovaire, et qui se rapprochent cependant par un certain côté de leur développement des dermoïdes, bien que ces tumeurs ne soient pas infectieuses, bénignité qui est due, comme le remarque Virchow, à leur complète privation de sucs : « Les formes des tumeurs dont les tissus sont secs et pauvres en sucs sont relativement bénignes. La tumeur perlée, par exemple, produit des masses épithéliales complétement sèches, et elle n'affecte que le point où elle se développe. » Mais où ranger certains cas complétement isolés des tissus voisins par une enveloppe propre, et qui ont pour point de départ l'épithélium glandulaire (1).

Acceptons donc comme simple réserve à faire sur la nature et l'origine des tumeurs perlées du testicule, la dénomination première de M. Cruveilhier.

---

(1) L'étude génétique des tumeurs perlées du testicule (voyez p. 45, observation de Nepveu) permettra peut-être, d'employer une expression parallèle à celle d'Epithélioma perlé et qui nous semble au moins pour ce fait plus exacte : Adénome perlé testiculaire, expression qui rend mieux l'ensemble de tous les détails anatomiques, l'innocuité de la lésion, et la participation de l'épithélium glandulaire, manière de voir que vient encore appuyer le fait de M. Verneuil, perles trouvées dans un adénome sudoripare, et les observations de Birsch Hirschfeld sur le cancer du testicule, du rein, de la mamelle, dans lesquels cet auteur fait dériver la cellule cancéreuse de l'épithélium glandulaire. Nous aurions donc l'adénome à côté du cancer glandulaire ou si l'on veut, de l'épithélioma glandulaire. En somme, le mot de tumeur perlée, excellent pour exprimer les propriétés physiques, le mot cholestéatome, bon pour exprimer les propriétés chimiques, doivent disparaître. Il ne peut y avoir une catégorie spéciale de tumeurs dites perlées. Il nous faut dans la classification chercher à pénétrer le mode de production et la cause. Toutes les tumeurs perlées peuvent donc se ranger dans les trois classes suivantes Epithéliome perlé (Ranvier et Cornil), tumeurs perlées de la base du cerveau. Adénome perlé (Nepveu), glandes sudoripares, observations de M Verneuil. Tumeurs perlées du testicule.

Athérome perlé (Billroth), athérome cutané avec perles, ou encore d'après Billroth, tumeurs perlées du testicule. Dans tous ces faits l'état perlé n'est qu'un accident.

(Note communiquée par le Dr Nepveu)

Quoi qu'il en soit, rappelons les points principaux où ces tumeurs ont été observées : à la base du cerveau (Müller, etc.), dans le thymus (MM. Verneuil et Virchow), dans le testicule, l'ovaire, dans les os, entre l'utérus et le rectum (Merriman cité par Müller), dans les glandes sudoripares (M. Verneuil).

Nous n'avons pas l'intention d'étudier ces produits morbides dans les divers tissus où ils ont été rencontrés. Notre but est plus restreint ; nous nous proposons seulement d'étudier les tumeurs perlées du testicule. Nous regrettons de ne pouvoir apporter aucun contingent d'observation personnelle dans ce travail. Le seul cas de tumeur perlée qu'il nous ait été donné de voir, nous ait été montré par notre ami le Dr Nepveu ; il fait le sujet de l'observation 13. C'est d'après les observations que nous avons pu recueillir dans les divers auteurs, que nous allons essayer d'entreprendre l'histoire de ces tumeurs.

CHAPITRE II

ANATOMIE PATHOLOGIQUE.

Nous étudierons d'abord l'anatomie pathologique des tumeurs perlées, puis nous passerons ensuite à l'étude du tissu interstitiel.

Propriétés physiques   1° Volume. — Le volume des tumeurs perlées est variable, mais en général il est assez petit. On en a vu de la grosseur d'une tête d'épingle, d'un grain de pavot, de millet, de chènevis (Rokitansky), d'un pois (Nepveu). La plus grosse tumeur perlée observée jusqu'alors, a été rencontrée par Lotzbeck ; son volume égalait celui d'une cerise.

2° Couleur. — La couleur est d'un blanc mat offrant un aspect nacré. On l'a comparée à de la cire blanche (Müller), à du talc (M. Trélat), à des perles de la plus belle eau (M. Cruveilhier). La coloration mate est due à la formation de lamelles minces et concentriques, à l'interférence de la lumière, et à la partie superficielle des lamelles les plus minces, car si l'on coupe la tumeur perpendiculairement aux lamelles, l'éclat disparaît, tandis qu'il persiste lorsqu'on enlève les lamelles les unes après les autres (Müller).

3° Nombre. — Les auteurs nous fournissent très-peu d'indications au sujet du nombre des tumeurs perlées qu'ils ont pu observer sur un même testicule. D'après ses observations, Nepveu dit avoir rencontré de 30 à 40 tumeurs perlées sur un espace d'environ 3 centimètres carrés. Dans le fait de Lotzbeck, il n'y avait qu'une seule tumeur perlée.

4° *Consistance.* — La consistance est très-dure, quand les tumeurs perlées sont petites, mais elles se laissent facilement écraser quand elles sont plus grosses (M. Robin). Quelques-unes présentent à leur centre une masse visqueuse presque liquide.

5° *Forme.* — La forme est généralement sphérique, mais quelques-unes sont irrégulièrement polyédriques et présentent des facettes produites par leur pression réciproque.

6° *Siége.* — C'est surtout à la périphérie du testicule que siégent presque toujours les tumeurs perlées. On les a très-rarement vues dans le corps d'Highmore (Lotzbeck). Ces produits morbides paraîtraient ne pouvoir se produire que difficilement dans les gros canaux, et naître, au contraire, facilement dans les fins canalicules testiculaires.

7° *Enveloppe.* — Les tumeurs perlées sont, en général, revêtues d'une paroi plus ou moins dense. Virchow signale ce fait intéressant que les parois qui enveloppent ces tumeurs présentent les caractères des jeunes cellules du réseau de Malpighi. M. Cruveilhier dit que les perles sont sans adhérence avec leurs parois, et s'énucléent sans difficulté. Ce fait se trouve rapporté dans plusieurs observations.

8° *Rapports avec le voisinage.* — Les tumeurs perlées sont séparées les unes des autres par de larges espaces de tissu morbide. Les canalicules testiculaires voisins présentent une masse visqueuse semblable à de la synovie, et dont la périphérie est formée de deux, trois, et plusieurs couches d'épithélium pavimenteux. Le tissu périphérique pourrait très bien avoir ici pour effet d'étrangler les canaux où les tumeurs perlées se produisent, d'en isoler pour ainsi dire de certaines parties (Nepveu), dont les épithéliums s'amasseraient ensuite dans le faible espace qui leur serait réservé. Ce mode d'explication est très-plausible, lorsqu'il s'agit de tumeurs perlées accompagnées de tissu morbide, cancer, sarcome, enchondrome; mais quand la tumeur perlée est simple, comme dans le cas de Lotzbeck, nous pouvons, sans préjudice de ce que nous réservons à l'étude de la pathogénie, avancer que ce n'est plus le tissu périphérique, mais bien le contenu glanduleux épaissi qui doit alors jouer un grand rôle.

Des kystes à contenu séreux, visqueux, sanguin, accompagnent le plus souvent ces tumeurs. Virchow signale dans ces kystes des hernies du tissu ambiant, comme Paget les a décrites dans les cystomes phyllodiques de la mamelle. On trouve aussi des épanchements sanguins plus ou moins abondants.

Des nodules cartilagineux se rencontrent aussi dans la plupart des observations.

La tunique vaginale présente peu de réaction : les tumeurs perlées ne paraissent pas déterminer l'inflammation de cette séreuse; en tout cas, elle pourrait être rapportée à la tumeur primordiale, cancer, sarcome, enchondrome. Dans l'observation de M. Trélat, nous lisons que la tunique vaginale présentait deux poches contenant une petite quantité de liquide citrin.

Dans le cas de Wardrop, la tunique vaginale adhérait presque complétement avec la tunique albuginée.

Dans l'observation de Nepveu, il n'y avait pas la moindre quantité de liquide dans la tunique vaginale.

Propriétés chimiques. — Les propriétés chimiques ont été décrites par Barruel. L'analyse lui démontra la présence de graisse, de cristaux de cholestérine, et d'une matière insoluble dans l'alcool et l'éther. Cette matière, traitée par l'eau, en absorba une certaine quantité et devint opaline. Elle avait toutes les apparences du blanc d'œuf.

Examen microscopique. — Les tumeurs perlées ont été rencontrées dans les tissus morbides les plus complexes. M. Cruveilhier, Lebert, Clarke, les ont trouvées dans le cancer; Wardrop, Curling, Rokitansky, dans le cancer mêlé à l'enchondrome; Curling, Trélat, Virchow, Nepveu, dans le sarcome mêlé à l'enchondrome. Le seul cas de tumeur perlée existant seule a été rencontrée par Lotzbeck dans le testicule d'un tuberculeux.

L'examen microscopique fait voir des cellules épithéliales minces, pâles, aplaties, de forme penta ou hexagonale (Lotzbeck). Ces cellules sont transparentes, juxtaposées d'une manière immédiate, et imbriquées (M. Robin). Leur diamètre est de 0 mill. 03 à 0 mill. 04. En les colorant par le carmin, on voit apparaître des noyaux que l'acide chromique et le carbonate de soude rendent plus apparents. Quelques cellules présentent deux noyaux et des nucléoles. L'eau iodée rend les enveloppes des cellules plus nettes, et décèle la présence de granulations graisseuses (Lotzbeck). D'après M. Robin, les cellules de la périphérie contiendraient seules des noyaux. Quelques cellules renferment des granulations pigmentaires. Au centre des grosses tumeurs perlées, on trouve des cristaux de cholestérine présentant les caractères les plus nets. On y rencontre aussi quelquefois un liquide plus ou moins visqueux et coloré en brun, ainsi que de très-jeunes cellules épithéliales, dont le noyau se colore facilement par le carmin.

Une section transversale pratiquée sur une tumeur perlée montre des couches concentriques imbriquées qui rappellent la disposition d'un bulbe d'oignon. Ces couches épaisses de 1/2 à 1 millimètre se décomposent en cellules épithéliales (M. Robin). La cassure offre l'aspect conchoïde. Aucun observateur n'a signalé la présence des vaisseaux.

Kystes voisins. — M. Cruveilhier observa le premier que les kystes voisins contenaient soit une matière muqueuse, soit une matière pultacée qui sortait par expression à la manière d'un ver, et que ces kystes étaient isolés ou communiquaient entre eux par des fentes.

Les kystes à contenu visqueux, filant, semblable à de la synovie, sont mentionnés dans presque toutes les observations (M. Trélat, Virchow, Rokitansky, Tillaux, Nepveu).

Dans la plupart des cas, on a pu s'assurer de leur communication réciproque au moyen d'un stylet. Virchow a observé des hernies du parenchyme ambiant dans l'intérieur de ces kystes (expansions phyllodiques).

Kystes séreux. — Les divers auteurs ne se sont pas assez occupés de cette variété de kystes; cependant, il est fort probable qu'ils se rapprochent, au point de vue de leur origine, des kystes précédents, et qu'ils siégent comme eux dans les canalicules testiculaires.

Kystes sanguins. — M. Cruveilhier ne parle pas de ces kystes, et Virchow dit les avoir rarement observés. MM. Trélat, Wardrop, Curling, Tillaux, les ont rencontrés, ils renfermaient du sang liquide ou coagulé,

Rokitansky en a observé de volumineux qu'il appelle réservoirs sanguins. La présence du sang dans les kystes peut être attribuée aux ponctions antérieures (M. Trélat), aux contusions. Mais quand il n'y a eu ni ponctions, ni contusions, il est plus difficile d'expliquer la présence du sang dans les kystes. Devons-nous alors admettre qu'il y a eu destruction des capillaires sanguins du testicule par le développement de la néoplasie?

Canalicules testiculaires. — Dans la plupart des cas, les canalicules testiculaires ont été observés, ils étaient graisseux (Virchow, Nepveu), imperméables au mercure (M. Sappey. Obs. de M. Trélat). Dans quelques faits, ils étaient refoulés par le tissu morbide et demi-transparents (M. Cruveilhier). Lotzbeck assure qu'ils avaient un calibre assez considérable, et que leurs parois, doublées d'épaisseur, se composaient de tissu fibreux avec des noyaux longitudinaux et des fibres élastiques. Leur revêtement épithélial formait deux ou trois couches, et des noyaux étaient en voie de scission. Nepveu n'y a vu que des débris d'épithélium, des granulations graisseuses, et des cristaux de cholestérine. Il fait cette remarque, que la couche épithéliale était augmentée d'épaisseur (3 ou 4 rangées d'épithélium et plus), et que l'épithélium était lui-même plus volumineux.

CHAPITRE III.

PATHOGÉNIE.

Nous avons à rechercher, maintenant, dans quel tissu les tumeurs perlées se développent, et quelles sont les causes qui peuvent donner naissance à ces produits morbides.

I.

Examinons donc les divers points du testicule où ces tumeurs peuvent prendre leur origine.

Est-ce aux dépens d'un tissu de nouvelle formation ? Cette opinion est admise par M. Cruveilhier, attendu, dit-il, que nos tissus ne sont susceptibles que de deux sortes d'altération : l'atrophie et l'hypertrophie. M. Trélat admet aussi que les tumeurs perlées sont dues à une formation de toutes pièces d'un tissu nouveau. Virchow se demande si quelques-unes au moins de ces tumeurs ne doivent pas reconnaître cette même origine.

Est-ce aux dépens des vaisseaux lymphatiques? Il nous paraît peu probable que les vaisseaux lymphatiques puissent donner naissance à de pareilles tumeurs. Cependant, Ludwig et Tomsa ont découvert, à l'intérieur du parenchyme testiculaire, de vastes réseaux ou espaces lymphatiques. Ces espaces sont tapissés par des épithéliums pavimenteux qu'on distingue très-bien avec une imprégnation d'argent. Sans nier cependant d'une manière absolue que les tumeurs perlées puissent avoir les lymphatiques pour origine, nous rappellerons tout d'abord que tous les auteurs sont unanimes à faire dériver les tumeurs perlées des canalicules testiculaires. (Virchow, Lotzbeck, Nepveu). Nous rappellerons aussi que, dans ces cas, les tumeurs perlées étaient accompagnées de tumeurs cartilagineuses, et que Paget, Billroth en placent l'origine dans les vaisseaux lymphatiques. Sans donner à tous ces arguments une trop grande valeur, mais aussi sans repousser absolument cette possibilité, nous pouvons admettre sans trop d'invraisemblance que les tumeurs perlées naissent dans les canalicules testiculaires. Au moment de livrer ce travail à l'impression, nous prenons connaissance d'une précieuse observation de M. Tillaux (observ. 12). Dans un cas de tumeur kystique du testicule, il est parvenu à injecter les lymphatiques; il a observé dans l'intérieur de ces vaisseaux des plaques cartilagineuses et des lamelles épithéliales. La présence de cellules épithéliales en certaine quantité est bien faite pour nous rendre moins affirmatif, bien que dans ce fait spécial il ne s'agissait pas de perles à proprement parler. Pour M. Tillaux, les kystes dérivent des vaisseaux lymphatiques.

Virchow et Curling ont les premiers soupçonné que les tumeurs perlées se développaient dans les canalicules séminifères. Cependant, Virchow hésite à adopter cette opinion.

Lotzbeck a le premier donné une preuve importante à l'appui de cette manière de voir. Les canaux voisins de la tumeur ont, dit-il, des parois dont l'épaisseur est double de l'état normal. Ils se composent de tissu fibreux avec noyaux longitudinaux, et leur revêtement épithélial est formé de deux ou trois couches de cellules avec noyaux en voie de scission.

Nepveu a minutieusement rassemblé dans son observation tous les faits qui viennent à l'appui de cette manière de voir. .

Sur une coupe transversale des canalicules, il a vu quelques-uns des tubes séminifères présenter une saillie notable de leur couche épithéliale. Sur d'autres points, dit-il, l'épithélium testiculaire présente des dimensions considérables, le contour des canalicules est déformé.

Sur les kystes muqueux, on trouve à la périphérie de la masse gluante qu'on peut extraire de toute pièce, une couche jaunâtre qui, examinée au microscope, se montre formée d'épithélium pavimenteux très-volumineux, et qui forme des couches concentriques sur la surface de la masse visqueuse. Vers le corps d'Highmore, on observe, dit-il, des kystes volumineux à anses, semblables aux circonvolutions intestinales. Si on introduit dans leur cavité un stylet de trousse, on les voit communiquer l'un avec l'autre ; plus loin, ces kystes diminuent de volume, puis, à la périphérie du testicule, on ne trouve plus que les saillies sphériques, brillantes, nacrées les tumeurs perlées.

Aussi peut-on dire avec Nepveu : « Ne voit-on pas que toutes ces altérations diverses kystes séreux, kystes à contenu muqueux, enveloppés de cellules pavimenteuses disposées en couches concentriques, tumeurs perlées, sont des altérations du même élément du canalicule testiculaire, » altération dont il a eu la bonne fortune de saisir la gradation.

II. — *Causes.*

Sans être trop affirmatif au sujet des causes des tumeurs perlées du testicule, il nous semble qu'on pourrait, sous toutes réserves, donner l'interprétation suivante : On pourrait considérer deux périodes dans le développement de ces tumeurs, et assigner à chacune un certain nombre de causes.

1° Une première période caractérisée par l'arrêt mécanique du produit de la sécrétion glandulaire, et sa rétention dans les canalicules. Cet arrêt peut être causé soit par l'épaississement du liquide contenu dans les canalicules et par l'atrophie testiculaire, comme dans le fait de Lotzbeck, soit par la néoplasie qui détermine l'étranglement des canalicules. C'est dans cette période qu'apparaissent les dilatations kystiques, et que se produisent la décomposition graisseuse du liquide sécrété, et la cholestérine.

2° Une seconde période caractérisée par l'irritation consécutive. Cette irritation peut être déterminée soit par le contenu des canalicules qui est décomposé et formé de graisse, de cholestérine, de liquide séreux, soit par la néoplasie périphérique sarcome, cancer enchondrome. L'irritation due à ces causes déterminerait l'hyperplasie des cellules épithéliales.

Il est maintenant facile de comprendre que Billroth rapproche ces tumeurs des athéromes, expression qui aurait le mérite d'exprimer très-bien les phénomènes de la première période ; phénomènes d'arrêt, d'étranglement.

Mais, en tenant compte des phénomènes d'irritation de la seconde période, de l'hyperplasie épithéliale qui se produit dans la plupart des canalicules (Lotzbeck, Nepveu), de l'innocuité de la tumeur épithéliale même, de l'absence de généralisation et d'altération de voisinage dans tous les cas, on peut aussi se rapprocher de l'opinion émise par Nepveu : adénome perlé. (Voyez note, page 9.)

On comprend maintenant qu'on puisse appliquer à l'étude des tumeurs perlées les discussions d'Astley Cooper et de Curling sur l'origine des kystes du testicule :

Astley Cooper prétendant que les kystes naissent dans les tubes sécréteurs proprement dits, et Curling les faisant naître dans l'appareil excréteur qui occupe le corps d'Hyghmore. On peut conclure avec M. Broca, qui, dans une lumineuse discussion, nous paraît avoir tranché ce point difficile : que les kystes du testicule ont leur siége dans les tubes séminifères qui sont dans le testicule les analogues des acini des glandes en grappes. Dans [une note, M. Broca (Traité des tumeurs, t. II, p. 107) rapporte qu'il a eu l'occasion d'étudier la matière perlée sur la pièce qui fait le sujet de l'observation de M. Trélat (obs. 7). « Elle constituait, dit-il, de petits globes blancs, formés de couches concentriques, qui se décomposaient elles-mêmes en écailles épithéliales. D'après cela, je suis porté à considérer les petits amas de matière perlée comme les analogues des globes épidermiques que l'on rencontre dans certaines glandes normales, et dans certaines tumeurs épithéliales.» On pourrait peut-être interpréter ces quelques lignes dans un sens favorable à notre théorie les tumeurs perlées naissent des canalicules testiculaires.

M. le professeur Verneuil a bien voulu nous communiquer quelques renseignements sur le malade qu'il a opéré et qui fait le sujet de l'observation 13.

Disons tout d'abord, que ce malade avec lequel M. Verneuil a eu l'obligeance de nous mettre en relation, jouit actuellement d'une bonne santé. Nous avons pu nous assurer par nous-même, il y a peu de jours, qu'il ne présente aucune trace de récidive ou de généralisation de l'affection pour laquelle M. Verneuil a pratiqué la castration il y a deux ans.

Mais nous avons appris un détail qui n'est pas mentionné dans l'observation. Ce malade a contracté la syphilis il y a douze ans. Il a eu un chancre induré, bientôt suivi de plaques muqueuses de la gorge, accidents pour lesquels il fut soumis à un traitement antisyphilitique : proto-iodure d'hydrargyre et iodure de potassium. A l'époque de l'opération, le malade ne présentait aucune manifestation de syphilis; mais, à cause de ses antécédents, il avait été soumis à un traitement spécifique qui ne donna aucun résultat. Aujourd'hui le malade présente, à la région du nez, des traces d'une syphilide ulcéreuse qui a été rapidement améliorée par le traitement à l'iodure de potassium. La syphilis peut-elle être rangée au nombre des causes capables de donner naissance aux tumeurs perlées ?

M. Verneuil considère les accidents syphilitiques du testicule comme pouvant produire les tumeurs perlées. On sait, en effet, que les diverses affections syphilitiques du testicule : albuginite, gomme, infiltration gommeuse, ont pour effet d'éloigner les canalicules séminifères les uns des autres, de les comprimer, les atrophier. Les parois des canalicules sont en même temps augmentées d'épaisseur, et l'épithélium subit la dégénérescence graisseuse. On peut donc comme l'admet l'éminent chirurgien faire jouer aux divers exsudats dus à la syphilis, le même rôle qu'aux autres néoplasies; sarcome, cancer, enchondrome.

Cette idée nous paraît vraisemblable, et si, dans le fait actuel, elle trouve quelques objections, il n'en est pas moins vrai qu'à l'avenir, pour des cas ultérieurs, il faudra soigneusement rechercher si la théorie de M. Verneuil est d'accord avec les faits.

Cependant, nous ferons remarquer que le testicule offrait au microscope tous les caractères du sarcome; il s'y trouvait, en outre, de petites masses cartilagineuses, fait habituel dans le sarcome testiculaire, et qui n'a jamais été rencontré dans l'orchite syphilitique chronique, l'orchite indurative.

———

CHAPITRE IV.

SYMPTOMATOLOGIE.

Toutes les tumeurs perlées du testicule n'ont jusqu'à présent été rencontrées que par hasard. C'est en faisant l'examen anatomopathologique des diverses tumeurs du testicule qu'on les a vues.

Elles n'ont pas même été soupçonnées pendant l'examen des malades. En interrrogeant minutieusement les observations que nous
avons pu trouver, nous ne rencontrons aucun signe qui permette
de diagnostiquer sûrement ces.productions morbides. L'âge des su-
jets, rapporté dans quelques observations, est assez variable. Nous
voyons que le malade de M. Cruveilhier était âgé de 27 ans, celui de
Wardrop avait 32 ans, celui de Thompson 25 ans, celui de Curling 37 ans, celui de M. Trélat 40 ans, celui de Rokitansky 28 ans,
celui de Lotzbeck 20 ans, celui de M. Verneuil 28 ans, celui de
M. Tillaux 36 ans. Les tumeurs perlées n'ont encore été rencontrées
que sur un seul testicule. A part les observations de Wardrop et de
M. Cruveilhier où une douleur spontanée assez vive est signalée,
nous voyons que les malades éprouvaient plutôt une sensation de
gêne qu'une véritable douleur. Dans le cas de M. Verneuil, l'affection était complétement indolente. Dans le fait de Lotzbeck, où la
tumeur perlée existait seule, le malade ne s'était jamais plaint de son
testicule. La douleur spéciale au parenchyme testiculaire n'existe
plus. Quand la douleur existe, elle peut d'ailleurs être attribuée au
tissu morbide fondamental, et les tumeurs perlées nous paraissent
avoir très-peu de retentissement sur le système nerveux. Dans aucun cas, il n'a été possible de reconnaître par le toucher les tumeurs
perlées; leur petitesse et leur dissémination dans le tissu testiculaire
sain ou non s'expliquent aisément. La fonction testiculaire n'a été
l'objet d'aucune recherche; en nous rappelant la genèse des accidents, nous pouvons supposer qu'elle est sinon totalement abolie,
du moins considérablement amoindrie. Cette hypothèse est vérifiée
par le fait de M. Trélat où nous lisons que M. Sappey, ayant poussé
par le canal déférent une injection au mercure, le métal s'arrêta net
au niveau de la queue de l'épididyme, et aucune parcelle ne fila
plus loin, malgré l'emploi d'une forte pression. En somme, la
tumeur perlée du testicule est une tumeur indolente, sans réaction,
ni générale, ni locale.

Diagnostic. — Jusqu'alors, le diagnostic des tumeurs perlées du testicule ne nous paraît pas pouvoir être établi pendant la vie. Nous ne possédons aucun signe qui permette de les diagnostiquer avec certitude. Leur petitesse, leur dissémination pourraient les faire confondre avec des crétifications, des noyaux d'enchondrome.

Pronostic. — La matière perlée peut être considérée comme une espèce de matière indifférente; on n'a encore observé ni généralisation ni altération de voisinage. Virchow regarde les tumeurs perlées du testicule comme bénignes. On n'a jamais vu, dit-il, de tumeur perlée du testicule produire en un autre point éloigné des récidives, et se comporter comme une tumeur maligne. MM. Cornil et Ranvier disent que les tumeurs perlées restent momifiées, presque à l'état de corps étranger, et qu'elles n'occasionnent pas d'accidents. D'après Billroth, les tumeurs perlées en général paraissent posséder, dans quelques cas rares, un faible degré d'infectibilité locale. Cependant dans toutes les observations de tumeurs perlées testiculaires, jamais les auteurs n'ont observé un degré quelconque d'infection locale.

Prises en elles-mêmes, les tumeurs perlées du testicule sont bénignes, et n'offrent pas une importance clinique bien grande; mais, quand elles existent comme complication de diverses tumeurs (cancer, sarcome, enchondrome), et ce sont les cas les plus fréquents, leur présence n'a guère plus d'importance. La masse sarcomateuse ou carcinomateuse prédomine et détermine la marche de la tumeur. Le pronostic varie alors selon la nature de la tumeur qui accompagne les perles qui ne sont qu'un accident.

OBSERVATION I.

Cancer alvéolaire du testicule avec matière perlée. — Opération. — Guérison. — Tumeur encéphaloïde développée dans l'épaisseur du corps des vertèbres. — Compression de la moelle; mort. — Cruveilhier, Atlas d'anatomie pathologique, livre v.

M. Lucas, 27 ans, bonne constitution, vit, sans cause connue, son testicule gauche se tuméfier, devenir douloureux avec élancements. Un traitement rationnel résolutif ayant échoué, l'extirpation fut faite par M. Dubois, à la Maison royale de santé. Le malade guérit rapidement.

Le volume du testicule est considérable ; il a quatre pouces neuf lignes dans son diamètre vertical, deux pouces neuf lignes dans sa largeur, et une épaisseur proportionnelle. Il n'a nullement changé de forme. Ses dimensions sont exagérées, mais d'une manière régulière ; sa surface est lisse, sans bosselures ; sa consistance est naturelle, son poids en rapport avec son volume. La tunique vaginale, épaissie, est parsemée d'un grand nombre de vaisseaux veineux de nouvelle formation, soit dans son feuillet libre, soit dans son feuillet testiculaire. Je regarde comme une loi de l'économie l'existence d'un plexus veineux naturel partout où a lieu une sécrétion normale, et celle d'un plexus veineux accidentel, partout où existe une sécrétion ou un travail morbide accidentel. Ici, ces veines présentent le cachet de leur origine morbide, dans leurs flexuosités, leur irrégularité, leur disposition en plusieurs plans, leurs ampoules çà et là, leur indépendance de la circulation générale. Plusieurs des veines apparentes à la surface du testicule sont situées. sous la tunique albuginée. La tunique vaginale est d'ailleurs saine ; ce n'est pas pour elle qu'existaient tous ces vaisseaux. Le feuillet libre adhérait en deux points au feuillet testiculaire. Une coupe du testicule montre deux parties bien distinctes : l'une supérieure, plus considérable ; l'autre inférieure, plus petite, réunies entre elles au moyen d'un tissu cellulaire lâche, en sorte que le plus léger effort suffisait pour les dissocier. La tumeur inférieure m'a paru formée par l'épididyme ; la tumeur supérieure par le corps du testicule. Du reste, l'une et l'autre présentent la même altération. C'est une trame aréolaire, ou plutôt un nombre prodigieux de cellules, ou kystes, ou alvéoles extrêmement petites, à parois fibreuses, contenant des matières de diverse nature. La plus remarquable de ces matières contenues est une substance perlée, cohérente, sans adhérence avec les cellules qui la contiennent, s'énucléant avec la plus grande facilité et représentant alors de petites perles de la plus belle eau.

D'autres kystes contenaient de la sérosité, quelques-uns une matière dense, grise, demi-transparente, d'aspect cartilagineux ; un très-grand nombre étaient remplis par une matière puriforme concrète, tenant le milieu entre le pus et la matière tuberculeuse. Il y a, dans divers points, des masses de cette matière pultacée qui sort par expression, à la manière d'un ver. Ces différentes matières contenues ayant été enlevées, j'ai reconnu que la transformation alvéolaire était générale, que les parois des alvéoles ou kystes étaient fibreuses, très-denses, mais d'une épaisseur inégale ; que de ces kystes, les uns étaient complétement isolés, et les autres communiquaient entre eux au moyen de petites ouvertures ; que çà et là existaient des épaississements fibreux qui isolaient des portions de tumeur ; du reste, la substance propre du testicule n'avait pas participé à l'altération, était refoulée à la surface de la tumeur et dans un point circonscrit. Là elle formait une couche peu épaisse, infiltrée, grisâtre, demi-transparente, et ce n'est que par un examen très-attentif que j'ai pu en reconnaître les vestiges. Plus nous avancerons dans l'étude des altérations morbides, plus nous serons convaincus de cette vérité, que je crois avoir le premier proclamée, que nos tissus sont inaltérables, que ce que nous appelons lésions morbides sont des produits nouveaux, vivant d'une vie propre, indépendante, que nos tissus ne sont susceptibles que d'hypertrophie et d'atrophie. Ici l'atrophie s'explique à merveille par la compression qu'a éprouvée la substance propre du testicule.

L'histoire de ce malade est curieuse. Je rappellerai seulement ici que, dix mois après sa guérison, M. Lucas fut pris d'une douleur vive dans les parois de la poitrine, d'une difficulté à lever les bras qu'on attribua à un rhumatisme ; qu'ayant fait une chute sur l'épaule, en patinant, il éprouva le lendemain une douleur dans cette région ;

que cette douleur, ou plutôt cet engourdissement, s'étendit aux deux extrémités supérieures ; que six semaines après il fut pris successivement d'engourdissement, puis de paralysie complète du sentiment et du mouvement dans les extrémités inférieures, la totalité des parois abdominales, la moitié inférieure des parois thoraciques ; qu'enfin il succomba, et qu'à l'ouverture nous trouvâmes une tumeur encéphaloïde développée aux dépens de la septième vertèbre cervicale complétement détruite, de la partie inférieure de la sixième (la substance intervertébrale avait résisté), et des extrémités postérieures des deux premières côtes. Une semblable tumeur commençait à se développer au niveau et aux dépens de la cinquième vertèbre dorsale et de l'extrémité postérieure de la quatrième côte. La moelle épinière était aplatie, mais non réduite en pulpe. Tous les autres organes étaient sains. La cicatrice du cordon testiculaire n'a présenté rien de particulier. Les ganglions lombaires ne dépassaient pas le volume normal.

OBSERVATION II.

Observ. on fongus hæmatodos or cancer. — J. Wardrop.

Le malade était âgé de 32 ans. Trois ans avant sa mort, il avait remarqué pour la première fois une tumeur qui paraissait dépendre du testicule droit. Il en attribuait l'origine à une affection syphilitique qu'il avait contractée huit mois auparavant. En deux ans et demi, la tumeur avait acquis le volume d'une orange. Elle était ovale, dure, très-douloureuse, sa surface était très-égale. Le cordon spermatique, un peu induré et augmenté de volume, était le siége de douleurs pendant la marche. Le malade prit une grande quantité de mercure pendant quelques semaines, mais ce traitement ne modifia en rien son état. Il se plaignit alors de douleurs dans le ventre, du côté droit, et près de l'ombilic. Une tumeur fluctuante et douloureuse existait en ce point. Le testicule continuait à grossir et à être le siége de douleurs très-vives. Enfin le malade mourut de fièvre hectique.

Le testicule extrait du scrotum formait un corps ovoïde, long de 8 pouces, large de 5, et son poids était de 4 livres. Il était mou, élastique, et paraissait contenir du liquide en plusieurs points. A la coupe longitudinale, il parut formé de diverses portions ou lobes de couleur et de structure différentes. Le nombre de ces lobes était de 4 ou 5. Dans un autre point, les divisions étaient séparées l'une de l'autre, par des capsules de tissu conjonctif. Chacune de ces divisions présentait une apparence spongieuse et des trabécules se détachaient des parois des capsules formant des subdivisions dans chacun des lobes. On trouvait des kystes de diverses formes, et dont la grosseur variait depuis le volume le plus imperceptible, jusqu'à celui de la dernière phalange du petit doigt. Quelques-uns étaient remplis de liquide séreux, d'autres de sang liquide, d'autres de sang coagulé. Un autre lobe présentait une matière d'une blancheur de craie, et en la pressant, il en sortait une matière fluide comme médullaire qui, mélangée avec l'eau, se décomposait en une quantité innombrable de cellules. Un troisième lobe paraissait plus vasculaire, et d'une couleur plus sombre, sa structure était plus fibreuse. Un quatrième lobe était divisé par une membrane celluleuse, et, dans les kystes qui étaient formés, se trouvait un liquide jaunâtre semblable à du jaune d'œuf cuit. D'autres kystes contenaient du cartilage dont quelques parties étaient ossifiées.

La vaginale adhérait dans presque toute son étendue à l'albuginée et là où elle n'adhérait pas, il y avait du liquide, et dans l'une des cavités ainsi formées, la tumeur fongueuse faisait saillie.

La tumeur abdominale surmontait le mésentère et l'intestin, et enveloppait les principaux troncs vasculaires. Elle présentait la même structure que la tumeur du testicule, seulement elle paraissait plus fibreuse. Dans quelques points, elle présentait des traces d'ossification, et était plus dure que celle du testicule.

OBSERVATION III.

Deutsche Klinik. — Lotzbeck.

Un tuberculeux, âgé de 20 ans, meurt à la suite d'un pyopneumo-thorax. On avait pratiqué la thoracentèse, et on avait vidé 3 litres de pus. C'est en faisant quelques recherches sur le testicule, qu'on remarqua sur le testicule droit, au bord antérieur, et plus près de la face externe que de l'interne, une partie dure, résistante. Une section mit à jour une tumeur de la grosseur d'une cerise aplatie légèrement. Sur une de ses faces, on voit une légère élévation, sur l'autre côté, 10 à 12 petites saillies en forme de perles. La section montre une structure foliacée, vers le centre, on voit une disposition concentrique comme sur un oignon : ces feuillets sont épais de 1 demi à 1 millimètre. Chacun a le reflet métallique de la superficie. Le noyau de la tumeur est d'un gris jaunâtre de couleur de cire, de consistance molle. L'enveloppe conjonctive de la tumeur se continue avec le tissu conjonctif du testicule.

Examen microscopique. — La capsule est formée des éléments du tissu conjonctif, elle présente d'épais faisceaux feutrés avec cellules nombreuses à noyaux et des fibres élastiques. Les vaisseaux sont rares. La face interne de la capsule est couverte d'une fine couche d'épithélium dont les cellules les plus inférieures sont petites et arrondies, les supérieures plates et horizontales. Sur cette paroi, se trouvent des excroissances frangées, couvertes d'épithélium pavimenteux. Entre les diverses couches, se trouvent quelques granulations jaunâtres, concrétions de carbonate calcaire.

Les cellules du cholestéatome forment un réseau de cellules plates de $0^{mm},03$, à $0^{mm},04$ de diamètre de forme penta ou hexagonale, et déposées sur plusieurs couches. Les noyaux sont presque invisibles. L'acide acétique et le carbonate de soude les rendent plus clairs.

Dans quelques-uns, il y a deux noyaux avec des nucléoles. L'eau iodée rend les enveloppes plus nettes. Dans les cellules, en observe des granules graisseux que l'éther fait disparaître, et que les alcalins et les acides laissent intacts.

Les cristaux de cholestérine se trouvent au centre avec des noyaux graisseux. Les canalicules testiculaires voisins ont un calibre considérable. Leurs parois ont une épaisseur double ; elles se composent d'un tissu fibreux avec noyaux longitudinaux et fibres élastiques. Leur revêtement épithélial est formé de 2 ou 3 couches avec noyaux déjà en voie de scission. La lumière est remplie de cellules granuleuses rondes, de noyaux libres, et de granules graisseux.

OBSERVATION IV.

Fibro-cystoïde du testicule avec tumeurs perlées et enchondrome. — Ancienne préparation du musée d'anatomie pathologique. Virchow, Archives, t. VIII.

Le testicule enlevé avec une partie du scrotum est très-augmenté de volume. Il a 10 centimètres de long, sur 6 à 7 de large. L'albuginée est lisse, mais épaissie. Le canal déférent est épaissi mais conserve son calibre. La section montre que la queue de d'épididyme est épaissie et la lumière du canal est relativement large. L'épididyme apparaît comme une bande aplatie et large, déplacée par la tumeur, Les circonvolutions sont faciles à reconnaître. A la partie supérieure du testicule, et sur le côté antérieur de la tumeur, on trouve une trame qui a jusqu'à 5 millimètres d'épaisseur et qui paraît formée d'un tissu jaunâtre très-lâche. Elle recouvre la plus grande partie de la tumeur, et les petits vaisseaux qu'on y trouve peuvent être parfaitement isolés. Au-dessous, et à la place du corps d'Highmore, se trouve la tumeur qui a le volume du poing. En l'incisant, on trouve qu'elle est formée de masses arrondies de 2 à 3 centimètres de diamètre, séparées les unes des autres par des lames de tissu fibreux, et entourées de couches concentriques de même tissu. Le tissu intermédiaire envoie des cloisons de séparation très-nombreuses circonscrivant des cavités de diverses grandeurs. Les plus petites ont un diamètre de $0^{mm},5$ à $2^{mm},5$, et sont la plupart remplies par des granulations perlées. Les plus grandes cavités ont un diamètre de 1 à 3 cent., et contiennent, soit des liquides clairs ou opaques, soit des excroissances granuleuses et verruqueuses. Les granulations perlées offrent une certaine épaisseur et apparaissent quand la section a découvert leur partie supérieure, comme des petites sphères d'un éclat mat et blanc. On voit une disposition de couches concentriques qui se laissent parfaitement détacher comme les couches d'un oignon, et qui ont une coloration jaunâtre en dehors et blanchâtre en dedans. L'examen microscopique a montré des cellules épithéliales plates, d'un contour assez grand, entremêlées de petits corpuscules graisseux et de rares cristaux de cholestérine. Les parois des grandes cavités sont généralement lisses, brillantes, blanchâtres, très-souvent perforées d'un ou deux trous qui permettent l'introduction d'un stylet très-fin dans un autre kyste. En certains endroits, les cavités sont remplies d'excroissances ; ce ne sont cependant pas de véritables excroissances, mais plutôt des parties du parenchyme testiculaire qui pénètre dans ces cavités. Il se trouve au milieu de la tumeur des parties qui se distinguent par leur consistance molle et leur aspect alvéolaire ou glandulaire. L'examen microscopique y démontre de nombreux canalicules testiculaires remplis en partie par des granulations graisseuses et qui se trouvent dans un tissu intermédiaire lâche et riche en graisse. Les excroissances sont plus nombreuses à la partie supérieure, leur structure est lâche et aréolaire. Sur des coupes, on voit au microscope des canalicules testiculaires larges de 0 mill. 06 à 0 mill. 012 de diamètre, et situés dans un tissu intermédiaire ressemblant au tissu élastique. Tous ces canalicules étaient tapissés par un épithélium composé de petites cellules très-régulières, de forme polyédrique, et contenant un noyau. Ils avaient partout une lumière très-petite, qui n'était pas partout entourée d'une tunique propre très-distincte, et la lumière se trouvait quelquefois remplie par des cellules vésiculeuses. Les excroissances du parenchyme testiculaire avaient pénétré du dehors. En effet, en certains endroits on trouvait une excroissance du volume du petit doigt qui remplissait presque complétement une cavité de 2 à 4 centimètres. Une autre excroissance complétement semblable, et séparée de la première par une fente, communiquait avec un kyste plus éloigné après avoir traversé le premier. A la base de cette excroïssance se trouvait une granulation du volume d'un grain de chènevis, arrondie et solidement enkystée. On trouvait de petites perles et des kystes fixés à ces parties du parenchyme qui avaient pénétré en avant. La section des trames de tissu fibreux montrait de tous côtés un tissu dur, formé de petits faisceaux et rempli de corpuscules étoilés ou allongés et fusiformes. La coupe faisait voir des canalicules testiculaires comprimés.

OBSERVATION V.

Fibro-cystoïde du testicule avec enchondrome et cholestéatome. — Préparation du même musée enlevée pendant l'année 1836-37, à la clinique chirurgicale. Virchow, Archives, t. VIII.

La tumeur a 9 centimètres de longueur et 6 à 7 d'épaisseur. Elle est assez unie, mais adhère en plusieurs points à la tunique vaginale, qui est elle-même épaissie. Le canal déférent, très-épaissi, conserve une lumière très-distincte, mais il demande quelques difficultés pour être extrait d'un tissu serré dans lequel il se trouve. L'épididyme est assez difficile à suivre ; cependant, sa tête est reconnaissable à l'hydatide de Morgagni et à ses cônes vasculaires, qui sont comprimés. Une section de la tumeur fait voir, au côté externe, sous l'albuginée, une couche d'une épaisseur de 7 millimètres en quelques points. Elle est formée par le parenchyme testiculaire de couleur jaune, et dont les canalicules sont faciles à voir : mais on ne peut pas les isoler du tissu intermédiaire sur une grande étendue·

Au milieu de cette couche, on voyait déjà de petits kystes. Les uns, complétement isolés, paraissaient formés par les canalicules séminifères. Les autres, plus nombreux, se trouvaient, à la partie supérieure, réunis par groupes. En ces points, la couche a une épaisseur de 1 cent. 1|2. Les uns atteignent un diamètre de 2 à 8 mill. Tous ont des parois unies, sauf les plus grands, dont les parois sont rendues irrégulières par de petites excroissances. Les plus grands sont vides ou remplis de liquide, les plus petits remplis de matière perlée; beaucoup paraissent communiquer ensemble. La dégénérescence commence aussi bien dans cette partie que dans le parenchyme relativement normal en ce que, le tissu intermédiaire devient de plus en plus épais et que toute trace de l'ancien tissu disparaît progressivement.

La plus grande partie de la tumeur paraît occuper la région du corps d'Highmore. On ne peut pas reconnaître dans toute la tumeur une structure lamellaire. On trouve au contraire un stroma de tissu blanc, très-épais, fibreux, dans lequel on voit, à l'œil nu, des fibres qui s'entre-croisent et s'étendent. Tantôt elles relient des grands espaces, tantôt elles sont interrompues par les kystes. Les plus grands ont de 2 à 15 mill. de diamètre, et, sont remplis de liquides où l'on voit des dépôts albumineux; rarement ils contiennent du sang coagulé. Dans quelques-uns se trouve un tissu aréolaire à larges mailles, très-mince, et qui, au microscope, paraît composé de fibres variqeuses, et quelquefois de fibres couvertes de granulations graisseuses, ce qui donne à la fibre un aspect noueux. La paroi de ces kystes est relativement épaisse; elle est rarement unie, et présente des bosselures dues au contact et à la pression des autres kystes. Beaucoup sont aplatis ou en forme de croissant. On voit qu'ils sont déformés par compression. Les uns sont séparés par de larges espaces, d'autres ont une cloison de séparation de 0^m,5. Les excroissances des parois manquent ou sont en très-petite quantité, car à l'examen microscopique, on trouvait sur les parois épaissies, des papilles sessiles, larges, complétement analogues à celles du derme. Les petits kystes contenaient toujours du cholestéatome de même structure que dans le cas précédent, à l'aspect perlé et jaunâtre à la coupe; à la péripherie, les couches étaient concentriques, à l'intérieur se trouvait une matière blanche. Les plus petits, de 1 à 2 mill., étaient arrondis, et en certains points réunis en masses si volumineuses que tout le tissu paraissait composé de cholestéatome. Les plus grands, de 3 mill. et plus, de forme ovale ou aplatie, conténaient des masses réunies entre elles, et qui primitivement provenaient de formations différentes. Sous le microscope, on voyait des lamelles conceniriques épaisses et dures qui devenaient de plus en plus épaisses vers le centre et dont on ne pouvait enlever que des cellules épithéliales. A l'extérieur, près de la cloison, on distinguait un tissu analogue au réseau muqueux de Malpighi, quoique plus fin et moins compliqué.

Le centre des perles était presque homogène, par suite de la compression des cellules l'une contre l'autre. On trouvait encore dans le stroma fibreux, des fragments de tissu cartilagineux. Le plus grand avait 7 mill. de long et 4 de large, et présentait à l'œil nu un centre blanchâtre et plus mou qui, à la coupe, paraissait percé de trous. Les plus petits, de la grosseur d'un grain de chènevis, étaient disséminés. Un de ces fragments avait $2^m,5$ de diamètre, et pré-entait à son centre une cavité du volume d'une tête d'épingle, à parois lisses. Au microscope, on trouvait partout la structure cartilagineuse, se rapprochant de la structure des cartilages des bronches.

En général, les cellules périphériques étaient plus petites et plus aplaties, couchées parallèlement à la périphérie. Dans un petit fragment, je trouvai une gaîne plus large, dans laquelle on voyait de nombreuses petites cellules granuleuses séparées par une substance intermédiaire en petite quantité, et qui ressemblait au cartilage fœtal à son premier degré de développement. Vers le centre, les cellules devenaient plus grandes, et étaient entourées de capsules plus épaisses, puis à double contour, et qui ne s'éloignaient que rarement de la forme sphérique ou lenticulaire. Elles présentaient des prolongements très-distincts, qui s'anastomosaient avec les éléments voisins. A côté de ces cellules, la plupart isolées, rondes ou ovales, ou étoilées, se trouvaient de plus grands groupes de cellules provenant de formation isolée, et qui dérangeaient complétement l'arrangement régulier des différentes parties. La substance intercellulaire avait la plupart du temps l'aspéct hyalin. Dans un très-petit fragment, les cellules cartilagineuses étaient entourées d'un tissu à larges mailles. Enfin au centre des plus gros fragments, on voyait à l'œil nu une accumulation de matière fondamentale, formée de fibres épaisses, dures, parallèles, et de couleur jaunâtre, fibres qui devenaient cornées et se ramollissaient comme on le voit dans les vieux cartilages costaux. Cependant ces parties cartilagineuses ne se trouvaient jamais isolées dans des cavités comme les perles du cholestéatome; et, bien que le tissu se laissât facilement enlever dans toute son étendue, l'examen microscope faisait voir que ce cartilage était aussi adhérent avec la masse fibreuse que le cartilage normal l'est avec le périchondre. Ces cellules sont seulement plus petites; la substance fondamentale est en même temps enchevêtrée par des fibres très-épaisses, et la structure cartilagineuse tend à disparaître, tandis que le tissu fibreux se répand partout.

Des coupes à travers le stroma fibreux, homogène et en apparence très-épais, font comprendre plus aisément la genèse. Partout on trouvait des canalicules testiculaires; beaucoup étaient complétement ronds et cylindriques, beaucoup étaient comprimés et aplatis. Ordinairement on pouvait distinguer une paroi épaisse, opaque, jaunâtre, et un contenu formé d'épithélium polyédrique. Cependant, en beaucoup d'endroits, les canalicules étaient plus larges, et à la place du canal, on trouvait un cylindre formé de cellules épithéliales plates. Dans ce cylindre, de petits groupes de perles naissantes se faisaient remarquer. Le tissu intermédiaire était fibreux, très-épais; la substance fondamentale ne s'unissait pas aux autres éléments, et était plus homogène.

En traitant par l'acide acétique, on voyait, en ces endroits, une rangée très-épaisse et très-nette de cellules s'anastomosant entre elles, et la substance fondamentale avait l'aspect du cartilage. En d'autres points, on voyait de plus grandes masses de la même substance. Les cellules devenaient plus grandes, et on ne pouvait pas affirmer la nature véritable du cartilage, malgré l'apparence. Cette transformation formerait une transition entre la formation immédiate du tissu intermédiaire aux canalicules testiculaires, et du stroma fibreux de la tumeur, stroma que l'on vit très-bien entre la tumeur et le parenchyme qui restait. D'un côté, se trouvait le tissu lâche avec des éléments grands, étoilés, opaques, et avec de la substance intercellulaire très-rare. De l'autre côté se trouvait le tissu épais, avec ses cellules fines, et plus riche en substance fondamentale.

OBSERVATION VI.

Handelbuch der allgemonen. Path. anatomie. — Rokitansky.

Une tumeur du testicule gauche, du volume d'un œuf d'oie, fut enlevée chez un homme de 28 ans.

Le cordon spermatique était étendu sur la partie postérieure de la tumeur. Le testicule et son enveloppe étaient aplatis sur une grande partie de leur étendue.

La tumeur est séparée du testicule par une couche de tissu connectif, et la tunique albuginée est presque complétement unie à la tunique vaginale.

A la coupe, la tumeur parut formée en grande partie d'enchondrome qui remplissait les espaces formés par le tissu connectif. L'enchondrome formait des granulations dont le volume variait depuis celui d'un grain de millet jusqu'à celui d'un pois. A côté, on trouvait çà et là des masses de tissu connectif fibreux de même volume que les amas d'enchondrome.

Ces amas étaient uniquement composés de tissu fibreux renfermant des cellules ovales, rondes, et allongées.

Dans ce tissu, on rencontrait çà et là, en plus ou moins grande quantité, de petites boules écailleuses, se brisant par le toucher, et brillantes comme des perles. Leur volume était comparable à celui d'une tête d'épingle, d'un grain de pavot, d'un grain de chènevis. Beaucoup de ces corpuscules renfermaient un noyau brun noirâtre et brillant. Ils paraissaient se trouver dans des kystes à parois unies dont on pouvait facilement les extraire. Ils étaient formés de cellules épithéliales polyédriques sans noyaux (cholestéatome), et dans la masse centrale, on trouvait des granulations pigmentaires. On trouvait aussi des kystes plus grands, du volume d'un pois, ressemblant à de petites outres et offrant des facettes. Ces kystes renfermaient du cholestéatome, et quelques-uns contenaient un liquide visqueux. Les cellules du cholestéatome avaient $0^m,03$ de diamètre. En d'autres endroits, on trouvait du tissu connectif semblable à de la gelée et dans lequel on voyait, à l'œil nu, de très-petites granulations et d'autres plus grosses (de la grosseur d'un grain de chènevis), de coloration blanchâtre. Elles étaient entourées d'éléments de tissu fibreux et séparées par des cavités allongées. Ces cavités étaient remplies, les unes par des cellules pourvues de noyaux, les autres par des cellules contenant des granulations graisseuses. D'autres contenaient un liquide analogue à de la synovie.

Outre ces productions, on trouvait encore de petits points rouges, visibles à l'œil nu, de la grosseur d'un grain de pavot ou d'un grain de chènevis, et des foyers rouges encore plus grands. Les premiers se montraient sans structure, et la plupart ne contenaient que des globules sanguins colorés. D'autres en contenaient également ainsi que des cellules épithéliales. Les derniers et les plus grands contenaient des kystes sanguins, et formaient çà et là de véritables réservoirs sanguins. A côté, on trouvait des ampoules de $0^m,03$ de dia-mètre, fragiles, contenant des globules semblables aux globules graisseux brillants, et de la grosseur d'un globule sanguin. Le sang répandu par la préparation contenait des globules sanguins dont beaucoup étaient des deux tiers ou de la moitié plus petits qu'à l'état normal. A la partie postérieure de la tumeur, on trouvait isolé, et logé dans le testicule, un noyau cancéreux du volume d'une noi-sette, formé d'un tissu aréolaire, et dont la périphérie renfermait des cellules à un seul noyau.

OBSERVATION VII.

Sur un cas de kystes du testicule de l'espèce décrite par A Cooper sous le nom d'hydatide ou maladie enkystée du testicule.

Par M. Trélat, aide d'anatomie de la Faculté de médecine de Paris. Archives générales de médecine, 1854.

Grenier·(Pierre), âgé de 40 ans, entré à l'hôpital des Cliniques, le 1er décembre 1852, et couché au n° 28 de la salle des hommes.

Cet homme est bien constitué, il offre toutes les apparences de la santé. Il rapporte que, deux ans auparavant, il s'aperçut que son tes-ticule droit augmentait de volume. Il n'éprouvait aucune douleur, aucun trouble ; l'accroissement de la tumeur était l'unique source de son inquiétude. Au bout de dix mois, il consulta donc un médecin, qui plongea le trocart dans la tumeur; cette ponction ne donna issue qu'à une petite quantité de liquide, le testicule conserva à peu près son volume. Au bout de six semaines, nouvelle ponction, sui-vie du même résultat. Trois mois se passent, au bout desquels on pratiqua une troisième ponction aussi peu utile que les précédentes. Enfin, en septembre 1852, deux mois avant l'époque où le malade entrait à l'hôpital, une quatrième ponction laisse écouler avec un peu de liquide clair, une très-notable proportion de sang. Cependant, à la suite de chaque ponction, le malade pouvait constater lui-même la persistance d'une tumeur régulière, assez dure et profonde. La maladie résistant au traitement mis en œuvre, le malade se présente à nous dans l'état suivant : il porte au côté droit des bourses une tumeur qui mesure 15 centimètres de hauteur, et dont la circonférence est environ de 15 à 18 centimètres. Cette tumeur est verticalement allongée, mais non régulièrement pyriforme ; immédiatement au-dessous de l'anneau, elle s'élargit, se rétrécit un peu plus bas, et se termine presque carrément. Au toucher, on constate de grandes différences dans la résistance des divers points. Ainsi, en haut et en avant, il existe une certaine étendue dans laquelle la fluctuation est manifeste ; cette petite portion est transparente. A la partie inférieure de la tumeur, les mêmes signes se présentent, mais dans une étendue moins considérable ; de plus, il semble qu'on ait là, sous les doigts, une petite tumeur distincte de la première, mais cependant réductible par une pression un peu prolongée. Ces deux tumeurs, poncionnées isolément, ont donné issue à une petite quantité de liquide citrin et se sont affaissées. On a pu sentir alors une masse centrale, régulière, sans bosselures, arrondie ou mieux ovoïde, offrant à la pression une résistance toute spéciale, qui tenait le milieu entre la fluctuation et une certaine dépressibilité. Les recherches les plus minutieuses ne font reconnaître aucun enfoncement, aucun point ramolli. La peau des bourses est parfaitement saine, mobile sur la tumeur, et ne lui adhérant par aucun point ; les vaisseaux sous-cutanés ne se montrent pas plus développés que du côté gauche. Cette tumeur est peu douloureuse ; elle fait plutôt éprouver au malade une sensation de pesanteur et de tiraillements qu'une véritable douleur. Si l'on exerce sur elle une pression croissante, on ne provoque aucune sensation spéciale ; la sensibilité propre de l'organe a complétement disparu. Le cordon n'offre pas de dureté, de nodosités, aucune augmentation de volume.

Les ganglions lombaires et inguinaux sont dans l'état normal.

En présence de tous ces signes et de l'accroissement graduel de la tumeur, M. Nélaton, pensant bien avoir affaire à un cas de maladie enkystée du testicule, se décida à la castration. Je dirai plus loin quelles raisons avaient pu déterminer ce diagnostic.

Avant de pratiquer l'opération, le chirurgien voulut faire une dernière ponction au centre même de la tumeur. La canule laissa couler quelques gouttes de sang ; mais, en la retirant, une faible quantité d'un liquide clair et filant jaillit de la petite plaie. Profitant aussitôt de ce signe caractéristique, M. Nélaton prit le bistouri en disant : « Ce sont des kystes, il n'y a pas à hésiter. »

La tumeur fut enlevée sans aucune difficulté : le tissu dartoïque, lâche et souple comme à l'état normal, permit de l'énucléer sans peine.

Examen de la pièce pathologique. — La tumeur est d'une forme régulière, généralement ovale, entourée de tous côtés par la tunique vaginale, dont, à part quelques adhérences, la cavité est libre, et contient une petite quantité de liquide ; ce sont ces adhérences qui déterminaient la distinction des deux petites tumeurs transparentes notées plus haut. Sous la tunique vaginale, l'albuginée se présente avec l'aspect normal, elle se laisse détacher avec facilité du reste de la tumeur. A la partie interne et postérieure de celle-ci, se trouvent le cordon et l'épididyme, qui n'ont pas été atteints par la maladie. Avant tout examen, M. Sappey avait poussé par le canal déférent une injection au mercure ; malgré l'emploi d'une forte pression, le métal s'était arrêté net au niveau de la queue de l'épididyme, aucune parcelle n'avait filé plus loin.

Cette imperméabilité de l'épididyme doit être notée avec soin ; elle nous permettra de tirer, sinon une certitude, du moins quelques inductions, sur la nature de la tumeur.

La masse totale pesait 466 grammes. En la divisant par une coupe médiane dans le sens de son grand axe, on observait un aspect tout particulier et d'une disposition générale fort élégante. A la partie supérieure, un espace de 3 à 4 centimètres de long sur 2 de large, était rempli d'une matière rouge brunâtre mêlée d'un peu de liquide de la même couleur ; quelques points étaient d'une couleur beaucoup plus blanche. Sur les limites de cet espace, existent quatre petits foyers sanguins qui ne dépassent pas le volume d'un très-gros pois. Tout le reste de la tumeur était constitué par une trame fibreuse blanche, médiocrement résistante, circonscrivant une quantité considérable d'aréoles rondes ou ovales de toutes les grandeurs. Les unes contenaient un liquide limpide, mais visqueux et filant ; les autres une substance blanche formée de couches concentriques s'emboîtant les unes dans les autres, et n'adhérant nullement aux parois du petit kyste. Cette substance avait parfois l'aspect du talc, parfois celui d'une perle ; il n'y avait là aucune analogie ni avec le tubercule, ni avec le pus concret. Les aréoles, remplies de liquide visqueux, que la coupe n'avait pas divisées, faisaient une légère saillie et offraient une transparence bleuâtre dont les reflets irisés rappelaient ceux de l'opale. Sur les limites de la tumeur, mais surtout à la partie antéro-supérieure, on remarquait, sous la tunique albuginée, une lame ne dépassant pas 3 millimètres dans sa plus grande épaisseur et s'étendant sur toute la hauteur de la masse ; cette lame tranchait, par sa couleur noisette, son aspect réticulé, les vaisseaux fins qui s'y ramifiaient, sur les parties voisines. L'examen microscopique a montré clairement que cette lame mince était le vestige du testicule ; les tubes séminifères étaient très-évidents, mais entremêlés de beaucoup d'éléments fibreux, ce qui explique pourquoi ces tubes ne se laissaient pas étirer comme dans l'état normal ; les tractions les mieux ménagées ne donnaient que de petits lambeaux irréguliers, se rompant de suite.

Le liquide filant renfermé dans quelques aréoles est très-riche en albumine ; il se coagule par la chaleur et par l'addition d'alcool ; en séchant, il laisse sur la plaque de verre un vernis épais et brillant. Il ne renferme pas de spermatozoïdes ; on n'y trouve que de rares débris vasculaires, quelques lamelles épidermiques, et un assez grand nombre de corpuscules arrondis fins, nageant librement dans son épaisseur.

La substance concrète, blanche et stratifiée, a montré sous le microscope des filaments bizarres, des lames déchiquetées et irrégulières, que je ne sais à quoi rapporter, des cellules épidermiques et des cristaux de cholestérine. L'amas rouge brun situé en haut de la tumeur a été examiné avec un grand soin; le microscope n'y a montré que des fibres en nombre assez considérable, et des cellules irrégulières, fendillées et plates. **M.** Broca, qui a bien voulu m'aider dans cette circonstance, a pensé que c'étaient des globules sanguins altérés. Cette opinion est d'autant plus probable que, sur les bords de cette masse, existent plusieurs petits foyers sanguins dont la nature ne fait aucun doute, et que, d'autre part, la dernière ponction, faite il y a deux mois, avait laissé couler une notable quantité de sang. Le trocart avait donc intéressé quelques petits vaisseaux, qui auront été sinon la source totale, au moins l'origine de cet épanchement. En aucun point de la tumeur on n'a trouvé d'éléments cancéreux. Il reste à dire, pour clore cette observation, que la guérison s'est opérée sans aucun accident. Quatre points de suture placés à la partie supérieure de la plaie ont permis la réunion immédiate dans cette étendue. La cicatrisation a été complète en moins de trois semaines, et le malade a quitté l'hôpital dans les premiers jours de janvier.

OBSERVATION VIII.

Extrait de Virchow's, Archives., t. VIII.

J'ai vu il y a deux ans, chez **M.** Gobée, à Leyden, une tumeur du testicule qu'il a depuis décrite et dessinée dans son journal. La plus grande partie de la tumeur était formée d'un amas de tissu conjonctif très-dense et alvéolaire. En divers points, on trouvait de petites masses d'enchondrome; en d'autres points, il y avait des foyers enkystés d'amas de cholestéatome.

OBSERVATION IX.

Extrait. Curling, Maladies du testicule.

Sur un testicule qui avait été enlevé par M. Henry Thompson, j'ai trouvé un mélange de cholestéatome, d'enchondrome, et d'encéphaloïde, avec des kystes à l'intérieur de la tunique albuginée dilatée et amincie. La matière cholestéatomateuse était très-abondante et formait, avec de nombreuses petites masses d'enchondrome, la partie supérieure de la tumeur, bien distincte de l'inférieure, qui était plus volumineuse et consistait surtout en matière encéphaloïde et en kystes. Des vaisseaux séminifères, rompus çà et là, séparaient les deux portions. Les tubes intermédiaires aux kystes étaient intacts en certains points, tandis qu'en d'autres ils étaient dilatés et pleins de cellules altérées. Le malade, âgé de 25 ans, était mort environ cinq mois après d'un cancer encéphaloïde généralisé.

OBSERVATION X.

Maladie kystique du testicule. — Curling, Traité des maladies du testicule.

Un homme de 37 ans me consulta, en décembre 1852, pour une tumeur du testicule qu'il avait remarquée pour la première fois sept mois auparavant. Persuadé que cette tumeur était cancéreuse ou kystique, j'en conseillai et j'en pratiquai l'ablation. Le malade se rétablit, et a, depuis lors, continué de se bien porter.

En incisant cette tumeur, je vis la substance tubuleuse étalée sur une partie de sa surface, juste au-dessous de la tunique albuginée amincie. La masse morbide était d'ailleurs un type d'affection kystique. Quelques-uns des plus gros kystes avaient 1 centimètre et demi de diamètre, les autres étaient généralement plus petits, et beaucoup n'étaient pas plus gros que des grains de millet. Les uns contenaient un liquide limpide et transparent ; d'autres, un liquide sanguinolent; quelques-uns du sang coagulé ; plusieurs enfin, une masse solide, opaque et blanchâtre. Ces kystes étaient situés au milieu d'un tissu fibreux dont la densité augmentait vers le centre de la tumeur. On voyait clairement, en examinant au microscope, des lames minces de cette tumeur, que les kystes étaient dus à la dilatation de certains conduits. Ainsi, sur quelques points, un tube se terminait en une poche dilatée; sur d'autres, la poche correspondait à une dilatation placée latéralement ou à l'extrémité d'une anse ; sur d'autres encore, la dilatation semblait être uniforme et se continuer dans une certaine étendue. Les conduits dilatés et les kystes étaient tapissés par le même épithélium pavimenteux, et un grand nombre d'entre eux contenaient une matière granuleuse brune. La substance opaque et blanchâtre qu'on trouvait dans les plus larges de ces cavités était surtout formée par un amas de cellules d'épithélium pavimenteux, et ressemblait à ce qu'on appelle le *cholestéatome*. Quant aux spermatozoïdes, on n'en put découvrir ni dans les kystes, ni dans les tubes dilatés.

OBSERVATION XI.

Sans donner d'observation détaillée de cancer du testicule, M. Lebert, dans son Traité des maladies cancéreuses, mentionne le fait suivant «Nous avons observé une fois, dit-il, dans une loge d'un de ces cancers, une matière d'un jaune pâle et comme cireuse, qui était constituée par un amas de cristaux de cholestérine entremêlés de cellules ressemblant au tissu cellulaire végétal : éléments que nous avons observés dans certaines formes d'athéromes.»

OBSERVATION XII.

Extrait. Maladie kystique du testicule. M. Tillaux, Bulletins Soc. chir., 1865, p. 395.

F... (Honoré), 36 ans, valet de chambre, d'une santé toujours florissante, entra à l'hôpital Lariboisière au mois de septembre 1864.

Le côté gauche du scrotum est occupé par une tumeur du volume d'un œuf de dinde, lisse, pyriforme, élastique, remontant à sept mois. La peau glisse à sa surface; le cordon est parfaitement sain, il n'y a ni douleur, ni transparence. L'examen physique pouvant laisser quelques doutes sur l'existence d'une hématocèle intravaginale, à parois épaissies, une ponction exploratrice fut pratiquée. L'issue de quelques gouttes de liquide filant fixa de suite le diagnostic et l'ablation fut pratiquée séance tenante.

La tunique vaginale était notablement épaissie; l'albuginée distendue et amincie, contenait un réseau veineux abondant. Je commençai par disséquer le canal déférent, par rechercher l'épididyme que je trouvai parfaitement normaux. L'épididyme coiffait le bord supérieur de la tumeur et était un peu étiré, allongé. Sa tête, recourbée, recevait tous les cônes afférents du testicule après leur passage dans le corps d'Highmore. En un mot, cette partie de la tumeur aurait pu servir de type à une description classique. Une coupe verticale me permit de constater le contenu varié de la tumeur. Elle renfermait deux sortes de kystes, les uns à contenu liquide, les autres à contenu solide. Les premiers, plus nombreux, étaient disséminés dans toute l'épaisseur de la masse, avec une paroi mince, transparente et un liquide filant, également transparent. Quelques-uns contenaient du sang liquide. Le microscope m'a démontré que les kystes renfermaient pour la plupart du sang en voie de subir les différents degrés de la transformation fibrineuse. Plusieurs contenaient des amas de cellules épithéliales.

Enfin, les parois des kystes présentaient çà et là des noyaux cartilagineux très-distincts à l'œil et au toucher, disposés sous forme de rayons divergents.

Il n'y avait que très-peu de vaisseaux sanguins. Je n'ai trouvé nulle part la cellule cancéreuse. Il restait encore une portion du testicule facilement reconnaissable vers le corps d'Highmore.

En recherchant l'état du canal déférent, je fus frappé de trouver à son voisinage de gros paquets de vaisseaux variqueux que je crus être des veines. En approchant du bord épididymaire, ces vaisseaux se multiplièrent, augmentèrent de volume jusqu'à acquérir celui d'une grosse plume d'oie, se pelotonnèrent, et, chose remarquable, présentèrent par-ci par-là des dilatations ampullaires renfermant un liquide transparent. Mon opinion était faite, mais je voulus invoquer l'expérience de M. Sappey. Après une dissection minutieuse, après des injections mercurielles, nous trouvâmes que ces vaisseaux n'étaient autres que des lymphatiques contenus dans une gaîne épaisse, présentant de place en place des dilatations kystiques, indépendantes les unes des autres, et çà et là leur forme étranglée caractéristique. Tous ces vaisseaux se dirigaient vers le bord épididymaire comme vers un hile, et là leurs parois se continuaient manifestement avec la paroi des kystes les plus voisins de ce bord. Un fait encore digne de remarque, c'est que quelques-uns de ces vaisseaux présentaient, dans l'épaisseur de leurs parois, des noyaux cartilagineux identiques à ceux de l'intérieur de la tumeur. Je crois, d'après cela, pouvoir affirmer que le point de départ de la lésion est dans le système lymphtique du testicule.

Des varices lymphatiques de la glande cervicale peuvent-elles rendre compte des noyaux sanguins que j'ai signalés et qu'ont signalés tous les auteurs? Je crois que la compression déterminée par les kystes multiples sur les veines peut les expliquer suffisamment. Quant aux amas de cellules épithéliales, cela n'a rien qui puisse étonner, puisque la paroi interne est tapissée d'un épithélium pavimenteux.

Je crois dès lors pouvoir formuler la proposition suivante

La maladie kystique du testicule a, ou peut avoir pour point de départ, les dilatations variqueuses du système lymphatique.

Peut-on reconnaître si la tumeur récidivera ou n'aura aucun retentissement sur l'économie? Je crois que la présence sur le trajet du cordon de gros vaisseaux lymphatiques dilatés se continuant avec les kystes, pourrait être considérée comme un signe de bénignité.

Nous trouvons la suite de cette observation dans les Bulletins de la Société médicale des hôpitaux, de l'année 1865, page 129, où nous lisons : « La cicatrisation de la plaie ne fut jamais complète, la place resta toujours le siége d'un suintement séro-purulent. La santé générale semblait parfaite, et le malade avait repris ses occupations. Cependant, F. H.... se plaignait d'accès de migraine, et les symptômes qu'il éprouvait, firent soupçonner une tumeur cérébrale. Au mois de juillet 1865, il fut pris d'une pleurésie du côté gauche, survenue d'une manière insidieuse, et il entra dans le service de M. Barth, remplacé par M. M. Reynaud. La thoracentèse fut pratiquée, et il s'écoula un liquide sanguinolent. Enfin, la mort arriva le 29 juillet.

A l'autopsie, on trouva une tumeur cancéreuse siégeant dans le cerveau, au-dessus de la tente du cervelet. Le poumon gauche présentait des myriades de petits nodules cancéreux de consistance gélatineuse. Le poumon droit présentait une masse cancéreuse. Les deux tiers inférieurs de la rate avaient subi la dégénérescence cancéreuse. Une tumeur cancéreuse du volume d'une noisette se voyait dans le côlon, au-dessus de la valvule iléo-cæçale. Ces tumeurs furent examinées au microscope par M. Ranvier, qui y rencontra beaucoup de noyaux ovoïdes ou irréguliers remplis de granulations, il y avait beaucoup de capillaires sanguins variqueux et pas de stroma fibreux. M. Ranvier considère ces tumeurs comme des sarcomes colloïdes.

OBSERVATION XIII.

Cysto-sarcome du testicule avec tumeurs perlées. — Ablation. Par M. Nepveu, ancien interne des hôpitaux. Bulletins de la Société anatomique, 1870.

Il y a onze mois envion, un jeune homme d'une bonne constitution, âgé de 8 ans, et dont les antécédents ne révèlent qu'un peu d'herpétisme, vit apparaître un gonflement assez notable du testicule gauche. Il se rappelle qu'il a reçu sur ce testicule un coup assez léger, et qu'un peu plus tard, en jouant au billard, ce testicule fut l'objet d'un froissement assez notable.

La tumeur s'accrut progressivement, sans déterminer la moindre douleur : le malade consulta un chirurgien de Paris, qui lui ordonna le traitement spécifique (iodure de potassium à hautes doses); l'ablation fut conseillée sans que cependant le diagnostic fût bien précis ; il y avait une arrière-pensée de sarcocèle.

M. Verneuil est appelé, il y a trois semaines environ, et se fondant sur la régularité absolue, sur l'indolence de la tumeur, sur sa résistance générale, sur l'intégrité du cordon, l'absence de tout phénomène cachectique, et s'appuyant aussi sur les antécédents traumatiques, diagnostique une hématocèle, après avoir longtemps, il est vrai, pesé l'idée d'un sarcome.

L'opération est décidée, et le 3 janvier, après avoir prévenu le malade qu'on serait peut-être obligé d'enlever le testicule, et s'être ainsi prémuni à ses yeux d'un prétexte suffisant pour la castration, dans le cas où il y aurait eu erreur de diagnostic, M. Verneuil fait, selon son habitude, une incision sur la partie latérale externe du scrotum, qui peut servir au besoin à la castration. Au premier coup de bistouri, on tombe dans le tissu testiculaire dense et également résistant, sans que la vaginale ait fourni la moindre quantité de liquide. Le diagnostic de tumeur étant ainsi rétabli, le testicule fut enlevé.

Voici ce qu'à l'œil nu on pouvait observer sur la pièce fraîche. Tout d'abord, le cordon est complétement intact, et la vaginale n'offre pas la moindre trace d'inflammation. Au niveau du cordon, on trouve une assez grande quantité de graisse en pelotons volumineux. Toute la tumeur est formée par le testicule et la tête de l'épididyme. Elle a le volume du poing d'un adulte, est régulièrement ellipsoïde, d'une consistance généralement uniforme, en quelques points cependant plus molle. Si on fait une coupe en ces points-là, on y re-

connaît une grande partie du parenchyme testiculaire aplati, com-
primé contre l'albuginée. Si òn fait une coupe suivant le grand diamètre de la tumeur, on trouve à la périphérie les canalicules sains,
ratatinés, puis sur le tissu même de la tumeur, qui fait hernie hors
de son enveloppe propre, de nombreuses saillies, des kystes nombreux. Vers le corps d'Hyghmore et la tête de l'épididyme, on observe
des kystes volumineux, irréguliers, à contenu transparent, séreux,
formant pour la plupart des anses semblables aux circonvolutions
intestinales ; si on introduit dans leur intérieur un stylet de trousse,
on est étonné de voir, en quelques points, la longueur de ces kystes,
de ces anses être sept à huit fois plus considérable que leur largeur ;
en un mot, ils forment des canaux transparents, tortueux, godron-
nés, irrégulièrement renflés. Vers le centre de la tumeur, des kystes
moins volumineux, de la grosseur d'un pois et au delà, renferment
un contenu muqueux, très-gluant, très-épais ; la cavité de ces kystes
est très-irrégulière ; quelques-uns forment à la coupe des fentes di-
versement ramifiées. D'autres, de même nature, ont un contenu séreux. Enfin vers la périphérie, le volume de ces divers kystes dimi-
nue encore et n'égale bientôt plus que celui d'un grain de millet.
C'est surtout à la périphérie, mais cependant aussi irrégulièrement
disséminées dans le reste de la tumeur, qu'on aperçoit de petites
saillies sphériques, brillantes, nacrées, ressemblant à des perles
fines. Quelques-unes ont été sectionnées par l'instrument tranchant,
et on peut voir à leur centre, soit un point noirâtre ou jaunâtre, soit
des couches concentriques régulières.

Le tissu fondamental de la tumeur est dense, brillant, presque
nacré vers le corps d'Highmore et l'épididyme ; plus loin, il présente
à l'œil nu un aspect du sarcome ; en quelques points on remarque un
développement vasculaire assez considérable, enfin, on aperçoit
quelques ramifications cartilagineuses. A l'examen microscopique,
le parenchyme de la tumeur paraît formé d'une néoformation conjonctive considérable ; cette néoformation est notable autour des canali-

cules testiculaires, et dans leur intervalle donne naissance à de fins réseaux de cellules étoilées comme dans le myxome. Ces îlots myxomateux sont entourés de toutes parts par des faisceaux serrés de cellules fusiformes qui paraissent avoir pour point de départ la néoplasie péricanaliculaire.

Les ramifications cartilagineuses appartiennent à la variété de cartilage décrit sous le nom d'*hyalin;* les circonvolutions que forment ces ramifications rappellent assez bien les circonvolutions ou plutôt les nodosités successives des lymphatiques; mais on ne pourrait, dans ce cas, les regarder d'une façon certaine comme formées par ces vaisseaux, bien que Paget et Billroth en aient vu des exemples bien avérés. On ne voit, au centre de ces cordons cartilagineux, aucun reste de cavité, et je n'ai pu, malgré le plus grand soin, découvrir d'altération de ce genre au début. Nulle part, je n'ai trouvé, comme Rokitansky ou Rindfleisch en ont rapporté des exemples, des masses formées de fibres musculaires lisses. Les canalicules testiculaires restés comprimés présentent un contenu granuleux, à coloration brunâtre, on n'y trouve pas de spermatozoïdes; les canaux épididymaires présentent en quelques points un contenu graisseux visible à l'œil nu. Dans la tumeur, on trouve quelques canalicules, dont la membrane propre très-épaissie est formée d'une série de couches concentriques; dans l'intérieur du canalicule, on voit sur les coupes faites avec le plus grand soin et dans une direction parfaitement perpendiculaire à l'axe du canalicule les fins épithéliums testiculaires faire une saillie notable. En quelques points, cette couche épithéliale rompue communique librement avec le contenu granuleux brunâtre qui bourre le canalicule. Autour de l'enveleppe propre du canalicule, se trouve cette zone néoplasique formée de jeunes cellules dont nous avons parlé plus haut, jeunes cellules en nombre considérable infiltrant la paroi propre elle-même. Sur d'autres canalicules l'épithélium a pris des dimensions plus considérables; le contour du canalicule est fortement déformé; le contenu est plus abondant encore; il est donc évident ici que la néoplasie dont j'ai parlé forme arrêt sur les canalicules, les étrangle en divers points et les tranforme en longs boyaux, kystes à contenu tantôt séreux, tantôt muqueux. Sur ces derniers, on trouve à la périphérie de la masse gluante, qu'on peut retirer de toute pièce, une couche jaunâtre qui, examinée au microscope, se montre formée d'épithéliums pavimenteux très-grossis, dont les dimensions sont dix et quinze fois plus considérables que celles de l'épithélium canaliculaire, et qui, fait important, forment des couches sphériques, concentriques sur la surface de la masse visqueuse; mais ici ces couches sont sans consistance, et leur disposition se détruit facilement. Les perles brillantes nacrées solides sont plus propres à l'étude des couches périphériques; elles sont très-régulièrement concentriques, parfois autour d'un point formé d'une bouillie noirâtre, où on trouve des épithéliums en grand nombre, avec une petite quantité de jeunes cellules, dont le carmin révèle le noyau, et qui sont mêlées à des cristaux et des lamelles de cholestérine de toute beauté. On peut par le carmin, colorer les noyaux des couches les plus externes; on trouve alors une mosaïque des plus régulières; c'est de l'épithélium penta ou hexagonal le plus pur.

Ne voit-on pas maintenant que toutes ces altérations diverses, kystes séreux, kystes à contenu muqueux, enveloppés de cellules pavimenteuses volumineuses, disposées en couches concentriques, tumeurs perlées, sont des altérations d'un même élément, du canalicule testiculaire, altérations dont nous avons eu la bonne fortune de pouvoir saisir les gradations.

En résumé, nous avons ici un bel exemple d'un cysto-sarcome du testicule avec tumeurs perlées.

INDEX BIBLIOGRAPHIQUE.

1 J. Wardop. Observ. on fungus hœmatodes or cancer. London, 1809, page 137.

2 Cruveilhier. Atlas d'anatomie pathologique. Livr. 5, pl. I.

3 Ast. Cooper. Œuvres Chirurg. trad. franc. 1837, page 449.

4 J. Muller. Ueber den feineren Bau und die formen, der krankhaften geschwülste. Berlin, 1838.

5 Rokitansky. Handbuch der allgemeinen Path. anatomie. Wien. 1846, page 196.

6 Vogel. Lehrbuch der Pathol. Anatomie. 1845.

7 Schuh. Pathol. und Therapie des Preudoplasmen, Vien. 1854.

8 Lebert. Traité des maladies cancéreuses. 1851, page 401.

9 Esmarck. Archives de Virchow, 1856, T. X.

10 Lotzbeck. Deutsche Klinik. 1857.

11 R. Volkmamn. Archives de Virchow. 1858. T. XIII.

12 R. Virchow. Archives, T. VIII, p. 39 et suiv.

13 R. Virchow. Archives, T. III, p. 223.

14 Ch. Robin. Mémoire sur l'origine épididymaire des tumeurs dites sarcocèle eucephaloïde et kystique du testicule. Arch. génér. de méd., 1856. T. VII., page 526.

15 Curling. Maladies du testicule, page 418.

16 H. Thompson. Transactions of pathological society, vol. VI, pag. 241.

17 Trélat. Archives générales de médecine. 1854, T. III., p. 24.

18 Billroth. Pathologie chirurgicale, page 694.

19 Virchow. Pathologie cellulaire, page 407.

20 Gosselin. Recher. sur kystes de l'épid. du testic. et de l'appendice testiculaire. Archiv. général. 1848, tome XVI.

21. Littré et Robin. Dictionnaire de médecine, p. 1127.

22 P. Broca. Traité des tumeurs. T. II, page 104.

23 Cornil et Ranvier. Manuel d'histologie, p. 275.

24 Tillaux. Malad. kystique du testicule. Bull. soc. chir. 1865, p. 395.

25 G. Nepveu. Bulletins de la Société anatomique, 1870, p. 66.

26 Raynaud. Bulletins de la Société médicale des hôpitaux. 1865, p. 169.

QUESTIONS

SUR

LES DIVERSES BRANCHES DES SCIENCES MÉDICALES

———

Anatomie et histologie normales. — De l'articulation du poignet.

Physiologie. — Du goût.

Physique. — Sources diverses d'électricité. Emploi de l'électricité dans le traitement des maladies.

Chimie. — De la chaux, de la baryte, de la strontiane et de la magnésie; leur préparation. Caractères distinctifs de leur dissolution.

Histoire naturelle. — Caractères généraux des crustacés; leur classification. Des écrevisses et des concrétions désignées sous le nom d'yeux d'écrevisses. Des cloportes et des carmadilles. Des accidents produits par les crustacés alimentaires.

Pathologie externe. — Du tétanos traumatique.

Pathologie interne. — Des paraplégies.

Pathologie générale. — De la convalescence.

Anatomie pathologique. — Anatomie pathologique de la goutte.

Médecine opératoire. — De la résection de la hanche et de ses indications.

Pharmacologie. — Des sirops de mellites et des oxymellites ; quels sont leurs différents modes de préparation, de dosage, les altérations qu'ils peuvent subir, et les moyens employés pour leur conservation ?

Thérapeutique. — De la méthode endermique.

Hygiène. — Du sevrage.

Médecine légale. — Caractères distinctifs des taches de sang trouvées sur une arme, sur des linges blancs ou colorés d'avec celles que l'on peut confondre avec elles.

Accouchements. — De l'hydrorrhée.

Vu, bon à imprimer :

VERNEUIL, Président.

Permis d'imprimer.

Le Vice-Recteur de l'Académie de Paris,

A. MOURIER.